AF571319

ARABISCHE NÄCHTE

HANS BETHGE

copyright © 2023 Culturea éditions
Herausgeber: Culturea (34, Hérault)
Druck: BOD - In de Tarpen 42, Norderstedt (Deutschland)
Website: http://culturea.fr
Kontakt: infos@culturea.fr
ISBN:9791041908431
Veröffentlichungsdatum: FEBRUAR 2023
Layout und Design: https://reedsy.com/
Dieses Buch wurde mit der Schriftart Bauer Bodoni gesetzt.
Alle Rechte für alle Länder vorbehalten.
ER WIRT MIR GEBEN

GASTFREUNDLICH UND STOLZ

HATIM IBN ABDALLAH

Ich bin Abdallahs Kind, der Sproß des Mannes,

Der strahlend ritt auf einem roten Pferd.

Wenn du das Mahl bereitet hast, so hole

Den Gast herein, daß er sich auch erlabe, –

Sei es ein später Wandrer, seis ein Nachbar,

Ich will nicht, daß man Übles von mir spricht.

Ich bin der Knecht des Gastes, der mich aufsucht;

Sonst aber hab ich wahrlich nichts von Knechtes Art!

DER VERFÜHRER

AMR IL KAÏS

Wie viele Frauen habe ich verführt!

Zuweilen waren säugende darunter

Und solche, die ein Kind erwarteten.

Und wieder andre, die bedenkenlos

Ihr Kindchen, das ein Jahr alt war, alleine

Sich überließen, um an meinem Halse

Berauschten Sinns zu hängen. Und wenn dann

Das Kind in seiner Angst zu weinen anhub,

So wendete die junge Mutter sich

Mit ihres schönen Körpers oberer Hälfte

Wohl nach ihm hin. Das andre ihres Körpers

Blieb bei mir, bei mir, ohne sich zu rühren!

HYMNE

AMR IL KAÏS

Durchbrochen hab ich ihrer Wächter Schar
Und die Verwandten, welche alle wünschten,
Mich mit dem Dolche meuchlings umzubringen.
Am Firmamente standen die Plejaden
Und funkelten, so wie die Edelsteine
An den Gewändern schöner Frauen glühn.
Ich kam und sah: Bei einem Vorhang legte
Sie ihre Kleider ab, um dann zu schlafen;
Nur einen Schleier noch behielt sie an.
Sie sprach zu mir: Ich schwöre, daß du heute
Mich nicht umarmen sollst. Wirst du denn niemals
Den Weg zurück zur frommen Tugend finden?
Und dennoch schritt sie mit mir in die Nacht.
Wir ließen hinter uns ein Tuch hinschleifen,
Um auszulöschen unsrer Schritte Spur.
Als wir dem Dorf genügend ferne waren,
Wandte sie ihre Schritte einem Tale,
Das ganz mit weißem Sand erfüllt war, zu.
Da neigte meine Liebste sich zu mir
Und schmiegte ihren Kopf an meine Brust,
Und ihres Körpers Schlankheit fühlte ich.
Vollendet schön sind ihre jungen Schenkel,
Ihr Leib ist weiß und klein, und ihre Brust
Strahlt wie das blanke Glänzen eines Spiegels.
Sie wendet sich: und reizend starrt ihr Busen.
Ihr Blick ist scheu; so blickt wohl die Gazelle,
Die sorgenvoll ihr Junges überwacht.
Auch ihre Brust ist von Gazellenart,

Nur daß die sanfte Brust meiner Geliebten
Durch Edelsteine noch verschönert wird.
Nachtschwarz sind ihre Haare, und sie fluten
Auf ihren Rücken, üppig wie die Dolden
Der Dattelfrüchte an den Palmenkronen.
Und dieses Haar ist lockig; in den Flechten,
Den aufgerollten und den wallenden,
Verschwinden ihre Kämme ganz und gar.
In sanfter Rundung prangen ihre Hüften,
Die zierlichen. Und ihre feinen Beine
Sind schlank wie Binsen, die im Wasser stehn.
Am späten Morgen steht sie auf. Ein Duft,
So wundervoll, als stamm er von Muskat,
Umweht ihr Lager. Sie erhebt sich spät,
Weil kein Geschäft sie, keine Arbeit zu
Besorgen hat. Die Finger ihrer Hände
Sind zart und rosig, kleinen Blüten gleich.
Ihr Teint besitzt die Farbe eines Eis,
Gelegt von einer jungen Straußin, die
Nur immer silberklares Wasser trank.
Ihr Teint ist ambrafarben. Er durchschimmert
Die Nacht wie eine Fackel, die ein frommer
Einsiedler in der Finsternis erhebt.
Der Weise auch muß ihr Bewundrung zollen,
Wenn sie daherkommt, zwei Begleiterinnen
Zu Seiten, die sie völlig überstrahlt.
Oft heilt die Zeit den Wahnsinn der Verliebten,
Doch niemals wird mein Herz die Leidenschaft
Preisgeben, die ihm Licht und Nahrung ist.
Wie oft schon haben Freunde mich bestürmt,
Ich solle sie verlassen, die ich liebe.

Taub bleib ich solchem Ratschlag immerdar.
Wie viele Nächte, die mir endlos schienen,
Gleich dem gedehnten Wogengang des Meeres,
Sind mir mit dunkeln Sorgen schon genaht.
Einst sprach ich zu der Nacht, von der ich meinte,
Daß sie zur Hälfte schon verflossen sei,
Die aber immer schrecklicher sich dehnte:
O Nacht, so sprach ich, lange Nacht, entflieh
Und mache endlich Platz dem jungen Tag,
Wenn ich auch weiß, daß aller Tagesglanz
Die Unruh meines Herzens nicht verscheucht,
Wenn ich auch ewig, ewig leiden muß,
So wie das Licht der Sterne ewig scheint.
So steht's mit mir, zu sehr Geliebte du!

STAMMESSTOLZ

IL SAMAUAL IBN ADYA

Ein unbezwingbar ragendes Gebirg
Nimmt alle die in seinen Schatten auf,
Die unserm Schutz sich willig anvertraun.
Uns ist der Tod nichts Schreckliches. Gewiß,
Die Stämme von Amer und Sabul fürchten
Sich sehr vor ihm. Wir aber lieben ihn!
Da wir ihn lieben, fliegt das Leben uns
Gar schnell dahin. Langatmig ist das Leben
Der andern, die voll Angst sind vor dem Tod.
Niemals starb einer von den Unsern noch
Auf seiner Ruhstatt. Freilich, es vergeht
Kein Tag, an dem nicht einer von uns stirbt.
Des Degens Schneide ist der schmale Weg,

Drauf unsre Seelen in das Ewige wandern,

Sie kennen eine andre Straße nicht.

Wahrlich, wir sind dem Regen zu vergleichen,

Der stets willkommen ist, wenn er sich naht;

Keiner von uns denkt an sein eigenes Heil.

Man glaubt uns, wenn wir andere der Lüge

Bezichtigen. Doch wird es niemand wagen,

Zu zweifeln an der Wahrheit unseres Worts.

Wenn einer unsrer Helden stirbt, so ist er

Sofort ersetzt durch einen andern Helden,

Des hoher Sinn ganz unantastbar ist.

Das Feuer, das wir an den Abenden

Entzünden, um den Wanderern zu zeigen,

Wo ihnen Schutz winkt, ist noch nie erloschen,

Ohn daß ein Gast sich unserm Stamm genaht,

Um Ruhe zu erbitten. Niemals noch

Hat sich ein Gastfreund über uns beklagt.

Ruhm hat an unsre Waffen sich geheftet

In Ost und West. Wir haben unsre Klingen

Erprobt beim Spalten helmbewehrter Köpfe.

Noch keiner von den Unsern zog jemals

Sein Schwert und schob zurück es in die Scheide,

Ohn daß ein Leben ihm zum Opfer fiel.

LOB DES WEINES

AMR IBN KULTHUM

Erhebe dich! Nimm deinen Krug und gieße

Uns ein den süßen Wein von El Andar,

Denn eine holdre Labe gibt es nicht.

Gieß ein uns dieses köstliche Getränk,

Des Farbe goldig schimmert, so als hätten
Sich safranfarbene Blüten drin entfärbt.
Gieß ein uns diesen Trank, der alle Sorgen
Verjagt und der die Traurigkeit erstickt
Und unsrer Seele edeln Mut verleiht.
Gieß ein uns diesen Trank, der die Verachtung
Der irdischen Güter in dem Geizhals weckt!
Um-Amr, du hast nicht wohl an mir getan:
Du hast den Kelch, als er nach rechts hin kreisen
Gesollt, von mir entfernt. Das war nicht gut.
Wert bin ich dieses Trankes so wie du.
Wie viele Becher hab ich einst geleert
In Baalbek und Damaskus! Lustig, Brüder!
Denn eines Tages kommt der Tod zu uns.
Wir alle sind geschaffen für den Tod.12
Der Tod ist für uns all geschaffen. Auf!
Genießen wir die Zeit, solang sie blüht!

FRAGE

AMR IBN KULTHUM

Bleib. Geh noch nicht hinweg. Laß mich dir sagen,
Welch wilde Leiden ich um dich ertrug.
Ich möchte wissen, ob auch du um mich
Gelitten hast. Bleib noch und gib mir Antwort,
Ob du das Band der Treue schon zerrissest,
Das dich mit einem Mann verband, der nie,
Auch in Gedanken nie, dir untreu war.
Was hast du während dieses Tags getan,
Da Waffenlärm erklang und da der Sieg
Die Deinen krönte? – O bedenke wohl,

Daß morgen und die kommenden Tage voll
Geheimnisvoller Zukunft sind, die heute
Noch keines Menschen Aug enträtseln kann.

WENN SIE ALLEIN IST

AMR IBN KULTHUM

Wenn sie allein ist, wenn sie nicht die Blicke
Feindlicher Menschen zu befürchten hat,
Dann läßt sie unbekleidet ihre Arme,
Die wohl den Gliedern eines weiblichen
Kameles gleichen, das noch nie gebar.
Und auch ihr Busen ist dann unverhüllt,
Der zwei aus Elfenbein gemachten Bechern,
Die noch kein Mensch jemals berührte, gleicht.
Ihr Leib ist lang und schön geschweift. Die Hüften
Sind schwer von ihres üppigen Fleisches Fülle,
Sie geht verführerisch, – die Türen scheinen
Zu schmal für sie, und ich bin toll nach ihr.
So weiß sind ihre Lenden, daß sie Säulen
Aus Marmor gleichen oder Elfenbein,
Und wenn sie schreitet, klirren ihre Spangen.
Bin ich von ihr entfernt, erfaßt mich Sehnen,
Wie ein betrognes Tier, dem man sein Junges
Genommen hat und das nun klagt nach ihm.
Von ihr entfernt, bin ich voll Schmerz und Jammer,
Wie eine Mutter voller Jammer ist,
Die ihre Kinder durch den Tod verlor.

TREUE LIEBE

UNBEKANNTER DICHTER

Ein treues Liebespaar hat Kummer nur
Um Eines: Trennung. Eng vereint zu leben,
Wird einem solchen Paare nie zu viel.
Wo ihnen nur ein kleines, feines Wölkchen
Der Lust sich zeigt, da weilen sie so gerne.
Dem Ruf der Liebe folgen sie entzückt.
Was andre Leute reden, achten sie
Nicht im geringsten. Nur die eignen Worte
Sind ihnen wertvoll und von süßem Klang.

IMMER ZUGEGEN

UNBEKANNTER DICHTER

Dein Bildnis strahlt in meinen Augen,
Dein Name lebt in meinem Mund,
Du selber wohnst in meinem Herzen, –
Wie wär es möglich, o Geliebte,
Daß du dich je vor mir verbirgst?

DIE ROTEN FINGERNÄGEL

KALIF YAZID IBN MOAUJA

Als ich ihr dann begegnete, da sah ich,
Daß ihre Fingernägel purpurrot
Von Farbe waren; und ich sprach zu ihr:
„Du Böse färbst dir deine Nägel rot
Und machst dich schön, wenn ich nicht bei dir weile?“

Darauf entgegnete sie ernst und still:
„Die Eitelkeit ist meinem Herzen fremd.
Du Schlimmer schiebst mir eine Absicht zu,
Die ich nicht kenne. Hör die Wahrheit an:
Du, meine einzige Stütze und mein Halt,
Du bliebst so grausam lange fern von mir,
Daß blutige Tränen meinem Aug entströmten.
Mit diesen Händen hab ich meine armen
Augen getrocknet. Weißt du nun, woher
Das blutige Rot an meinen Nägeln stammt?"

DER BENEIDETE
KALIF YAZID IBN MOAUJA

Sie hat geforscht, wie es mir gehe. Da
Hat man zu ihr gesagt: „Es ist vorbei,
Er ist hinüber – und durch deine Schuld."
An einer feinen Geste ihrer Hände
Erkannte man ihr Mitleid. Tränen stürzten
Aus ihren Lidern vor, die zart wie Kelche
Der Lilien sind, und glitten auf die Wangen,
Die Rosen gleichen, nieder, und sie biß
Die Lippen sich, die so wie Kirschen leuchten,
Mit ihrer Zähne perlenhaftem Schimmer.
Und darauf sprach sie dies: „Groß ist mein Schmerz
Um ihn fürwahr; niemals hat eine Schwester
Das Unglück ihres Bruders so beweint,
Niemals hat eine Mutter so gejammert
Des Sohnes wegen, wie ich heute tu."
Und darauf eilte sie, mich zu besuchen,
Und überhäufte mich mit Freundlichkeiten,

Und meine Seele lebte wieder auf
Und schenkte auch dem Körper wieder Leben;
Und viele gab es, die mich um den Tod
Beneideten, aus dem ich neu erstand.
Ja, viele Männer wünschten, so wie ich
Dahinzusiechen, um von ihren Händen
Erweckt zu werden in das Reich des Lichts.
Seltsam: um alles Gute, alles Böse,
Was mir von ihr wird, muß ich Eifersucht
Und Neid erfahren, – um den Tod sogar.

DER SCHATTEN ALS KUNDSCHAFTER

KALIF YAZID IBN MOAUJA

Ihr Schatten ist zu mir gekommen,
Um mich im Traume zu besuchen,
Dann kehrte er zu ihr zurück.
Sie sprach zu ihm: Sag mir, in welcher
Verfassung du ihn angetroffen, –
Und lautre Wahrheit künde mir!
Da sprach der Schatten: Wenn dein Freund
Vor Durst verginge und er wüßte,
Daß dies dein Wille sei, – er würde
Nicht einen Tropfen zu sich nehmen,
Und wenn man ihm verlockend böte
Den wundervollsten Labetrunk.

WAHNSINN ODER LIEBE?

KALIF YAZID IBN MOAUJA

Fällt Nacht auf mich hernieder, oder fühl ich
Das Fluten deines schwarzen Haares? Ist es
Der Mond, der scheint, oder dein süßes Antlitz?
Seh ich ein Blatt der lieblichen Narzisse
Oder dein Augenlid? Seh ich das Leuchten
Von Hagelkörnern oder deine Zähne?
Erheben sich auf deiner Brust zwei Hügel
Von Elfenbein, – oder erblickt mein Auge
Die Fülle deines Busens? Ist es Flugsand,
Was unter deiner Kleidung sich bewegt,
Oder das Schwellen deiner jungen Hüften?
Wenn du erkennen könntest, wie ich leide
Um deinetwillen, Schrecken würde dich
Erfassen, und du würdest staunend fragen:
„Erfüllt ihn Wahnsinn oder Liebesglut?"
Wenn jemand, der in deiner Nähe war,
Sich mir gesellt, so atm' ich mit Entzücken
Den feinen Duft auf, der mich an Muskat
Gemahnt und den er mit sich führt von dir
Als wie ein Grüßen. Und mit flehender Stimme
Sprech ich zu ihm, der mich so glücklich macht:
„Du hast die Liebesglut in mir vermehrt,
Vermehre jetzt die Worte deines Mundes
Und sprich mir lange, lange, lang von ihr!"

TÖTENDE LIEBE

KALIF YAZID IBN MOAUJA

Ich habe auf den Knien um ihre Liebe
Sie angebettelt. Darauf sagte sie:
Weißt du denn nicht, daß alle, die im Traume
Mich zu besitzen meinen, beim Erwachen
Verzweifelt sterben, weil sie nun erkennen,
Daß sie mich nicht besitzen? Ach, zu viele
Sind hingesiecht, aus Leidenschaft zu mir,
Bis in den Tod. Die andern, die nicht wagten
Mir ihres Herzens Qualen zu gestehen,
Sind fortgereist und kehrten nie zurück ...
Und ich entgegnete: Ich bitte Gott
Um Nachsicht für die Glut, die in mir lodert,
Und werde standhaft und voll Mut beharren
Bei meiner Liebe, die dich ganz umschlingt.
Und dann verließ sie mich. Und ich stand da
Wie ausgedorrt, ein abgestorbener Baum.

DIE VERNICHTERIN

KALIF YAZID IBN MOAUJA

Auf ihren Armen, ihren schönen Händen
Sind Zeichen tätowiert gleich dünnen Zügen
Von Ameisen, die ihrem Volk entfliehn.
Man könnte ihre Haut mit einem Rasen
Vergleichen, darauf eine kühle Wolke
Die Körner feinen Hagels sinken ließ.
Sie hat gewiß gefürchtet, daß die Pfeile

Aus ihren Augen ihre eignen Hände
Verletzen könnten, – darum zog sie vor,
Mit einem Küraß sonderbarer Zeichen
Die Haut zu schirmen. Ach, die Böse hat
Die flachen Hände gegen mich erhoben,
Als wollte sie das Herz aus meiner Brust
Fortreißen, und die Pfeile ihrer Augen
Vernichten mich, ohn daß ich fliehen kann.
Die Locke, die auf ihrer Schläfe liegt,
Ist ein Skorpion, der seinen giftigen Stachel
Gegen mein banges Herz gerichtet hält.
Ihr Auge scheint geschlossen, doch es wacht.
Der Bogen ihrer Augenbrauen nimmt
Mich ganz gefangen. Ihre Wangen schimmern
Gleich roten Rosen. Könntet ihr die Brust
Der Wundervollen sehn: ihr würdet meinen,
Zwei Früchte des Granatbaums zu erblicken.
Sehr aufrecht ruht ihr Leib auf edeln Hüften
Und wiegt sich rhythmisch. Wenn die Sonne sie
Im bloßen Schmucke ihrer Nacktheit sähe:
Sie würde fürder nicht zu scheinen wagen,
Weil sie erkennen würde, daß sie nimmer
Mit solcher Schönheit Glanz sich messen kann.

DIE VORWÜRFE

UNBEKANNTER DICHTER

Ich habe mich bei ihr beklagt. Sie sprach:
„Da meine Liebe dich zu Klagen hinreißt,
So möge Gott von dieser Liebeslast
Dich bald befreien!“ Hierauf schwieg ich, und

Sie sprach: „Du hast zu viel Geduld mit mir.
Verliebte sind doch sonst nicht so geduldig?“
Ich näherte mich ihr, – sie wollte mich
Nicht hören; darauf bin ich weit hinweg
Gegangen, um sie ja nicht zu erzürnen, –
Nun tadelte sie, daß ich lieblos sei.
Sie wird gereizt durch die geringsten Klagen,
Und rührende Geduld ermüdet sie.
Wer sagt mir einen Ausweg aus dem Wirrwarr?
Wenn jemand einen guten Rat mir weiß,
Will ich den Segen Allahs ihm erflehn.

LEÏLA

KAÏS IBN IL MULLAUACH

Ich denke unaufhörlich Leïlas
Und der verrauschten Jahre. Liebe Freunde,
Warum beweint ihr meinen Jammer nicht?
Ich möchte Freunde haben, welche weinen,
Wenn ich in Tränen bin! Hat Gott die Macht,
Zwei Herzen zu vereinen, wenn die Hoffnung,
Sie zu vereinen, schon in Asche sank?
Von Allahs Fluch getroffen seien jene,
Die meinen, daß die Zeit mir Lindrung bringt!
Für ewig hängt mein Sinn an Leïla;
Ich sehe sie im Geist, wie sie des Abends
Die väterlichen Schafe heimwärts treibt.
Gott schenkte einem andern Leïla.
Mich machte er verrückt nach Leïla, –
Konnt er mir denn nichts Besseres verleihn?
Hat man mir nicht gesagt, daß sie im Sommer

Nach Tima käme? Hingeschwunden sind
Des Sommers Monde, – warum kam sie nicht?
Weh! meine Liebe ist gespannt gleich wie
Die Sehne eines Bogens. Eines Tages
Zerreißt die Sehne, maßlos überreizt.
O immer wieder, wenn der Morgenstern
Sich mit dem Frührot aus der Nacht erhebt,
Flammt meine Leidenschaft gewaltig auf.
Wenn ich mich rüste zum Gebet, so neige
Ich mich nach jener Richtung hin, wo du
Verweilst, o Strahlende. Die heiligen
Gesetze wollen, daß ich mich nach andrer
Richtung verneige; doch das tu ich nicht.
Ich liebe sehr den Namen Leïla,
Ich liebe alle Namen, die ihm gleichen,
Und wertlos scheint dies Leben mir, denn sie,
Die ich ersehne, ward des andern Weib.
Ich lebe, um an Leïla zu leiden,
Ich muß, wenn ich die Ebene durchreite,
Meines Kameles Sattel wohl beachten:
Er ist bestrebt, nach rechts hin sich zu neigen,
Wenn du dich rechts befindest. Und er hängt
Nach links hinüber, wenn du linkswärts weilst.
Wenn ich vom Schlaf gemieden werde, flehe
Ich Allah an, daß er mir Schlaf verleihe,
Damit dein Bild in meinem Traum ersteht.
Der Reiz, der von dir ausgeht, ist ein Zauber.
Obwohl es alte Zauberformeln gibt,
Die schützen gegen überirdische Kräfte, –
Nie würd ich wagen, nur den kleinsten Vers
Zu sprechen, um zu bannen deine Macht, –

Ich will dein Sklave sein bis in den Tod.

O Freunde, wenn ihr keine Mittel wißt,

Mich in Besitz von Leïla zu setzen,

So bitt ich euch: schafft meinen Sarg herbei,

Bereitet mir das Leichentuch und betet

Zu Allah, daß er gnädig sei dem Manne,

Des Herz gebrochen ward durch Leïla.

VERLASSEN

KUTHAIJIR

Du hast in deine Arme mich gelockt

Mit Worten, so beredt, daß scheue Gemsen

Aus Felsenhöhn herabgestiegen wären.

Dann, als du meiner Herr geworden warst,

Gingst du hinweg. Nun ist mein Herz voll Gram,

Und alle Lust schwand in die tiefste Nacht.

DIE UNERBITTLICHE

ABBAS IBN IL ACHNAF

Sie ließ mir sagen, daß sie krank sei. Ich

Ging dennoch zu ihr, und ich fand sie lächelnd

Und ganz gesund vor, – sie war niemals krank.

Doch krank, unheilbar krank, ist ihr Besucher.

Wenn alle Herzen hart wie ihres wären, –

Kein Vater wär besorgt mehr um sein Kind.

Sie schrieb, ich solle jetzt nicht zu ihr kommen,

Da ließ ich sie allein, daß sie erführe

Die Bitternis der Einsamkeit. Doch, ach,

Was kümmert sie's, wenn Menschen, die sich nach
Ihr sehnen, auf der Schwelle ihrer Wohnung
Daliegen, zu erfahren, wie's ihr geht?
Wenn dies ein Fehler ist, daß ich von neuem
Dich zu besuchen komme, – o so wisse,
Daß ich noch vieler Fehler fähig bin.
Bekannte haben, da ich deinen Namen
Aussprach, zu mir gesagt: Sie ist es, sie,
Die dich so traurig macht und derentwillen
Du Dinge treibst, die dir nicht ziemen. Ich
Hab alles abgeleugnet und gelacht,
Um meiner Freunde Argwohn zu zerstreun.
Die Frauen sind voll Neid auf deine Schönheit,
Die lieblichsten Gesichter stehen alle
Dem Reize deines Angesichtes nach.
Dein Leib ist wie ein schmächtiger Zweig, daran
Zwei blanke Äpfel des Granatbaums hangen,
Die engsten Gürtel sind für dich zu weit.
Wenn Dunkelheit des Abends niedersteigt,
Um mich zu quälen, wendet sich mein Herz
Zu dir, die mir des Schlafes Süße raubt.
Du bist die Quelle aller meiner Leiden
Von heut und ewig. Du hast meinen Augen
Schlaflosigkeit, die schreckliche, verliehn.
Wie lange werd ich weinen, während du
Nur immer lachst? Ich nahe dir in Demut,
Doch du entfernst dich, – denn du hassest mich.
Wie lange noch wird meine arme Seele
Verharren in dem Banne deines Zaubers?
Wie lange werd ich singen meine Qual?
Die Mißgeschicke kommen und entschwinden, –

Die Leidenschaft zu dir wächst immer tiefer
In mich hinein und wurzelt wie ein Baum.
Ich bin ein Jäger, der die herrlichste
Gazelle jagt: und die Gazelle tötet
Den Jäger durch die Holdheit ihres Seins.

DIE MACHT DER LIEBE

HARUN AL RASCHID

Drei holde Wesen lenken mich, nachdem sie
Die Zügel an sich rissen. Allen Raum
In meinem Herzen haben sie besetzt.
Ein ganzes Volk gehorcht mir. Wie ist's möglich,
Daß jene drei sich mir nicht beugen wollen
Und daß ich selber ihnen dienstbar bin?
Ich seh es ein: die Macht der Liebe ist
Gewaltiger als alle andre Herrschaft,
Selbst als die Macht auf einem Königsthron.

IHR GANG IST WOGEND

ABU NUWAS

Ihr Gang ist wogend, ihre Haare liegen
Wie Wellen um die Stirn. Mein Herz ist wüst, –
Es läßt nicht ab von der, die mich verachtet.
Sie schreibt mir Missetaten zu, die ich
Niemals beging; ihr Zorn flammt gegen mich,
Und, ach, mir täte ihre Gunst so not!
Gewährt sie mir ein Stelldichein, so wart ich
Umsonst auf sie. Nun nehme ich mir vor,

Das nächstemal ihr unwirsch zu begegnen.

Doch seh ich sie dann wieder, stolz und schön,

So flieht mein zorniger Vorsatz ganz dahin,

Im Anblick ihrer königlichen Haltung.

Ja, wogend ist ihr Gang. Kein andres Wesen

Hat diesen wogend-wundervollen Schritt

Wie sie, der all mein Träumen angehört.

Wer sie betrachtet, dessen Augen werden

Geblendet. Ihrem Angesichte ward

Der Strahlenglanz der Sonne nachgebildet.

Die reinste Schönheit geht verlockend aus

Von ihrem Angesicht. Der schönste Duft

Hat sein Arom von ihrer Haut geliehn.

Und wenn der frömmste Scheich an ihrer Seite

Verweilte, – alle Frömmigkeit bewahrte

Ihn vor Versuchung seines Herzens nicht.

DIE SPRÖDE

ABU NUWAS

Sie war so schön an jenem Abend und

So heitern Augs. In kühnem Spiele ließ

Ich ihren Mantel mählich niedergleiten,

Den strahlenden, – und auch ihr Rock sank hin.

Und da die Nacht nun ihre dichten Schatten

Gleich einem schweren Vorhang niederließ,

Begann ich keck zu werden. Aber sie

Entzog sich mir und sagte nur: „Auf morgen!“

Am andern Tag, zu festgesetzter Stunde,

Traf ich sie wieder und gemahnte sie

An ihr Versprechen. Sie erwiderte:

„Die dunkeln Worte, die bei Nacht man spricht,
Verlieren ihren Sinn am hellen Tag!"
Und lächelte und sagte: „Hab Geduld!"

LIEBE IM TRAUM
ABU NUWAS

Im Traume hab ich neulich es erlebt,
Daß unsre Schatten sich zusammenfanden
Und unsre Liebe ganz die alte war.
Warum, Geliebte, bleiben unsre Körper
Im Zorn getrennt, indessen unsre Schatten
So selig sind, wie wir schon längst nicht mehr?
Wär es nicht billig, daß im wahren Leben
Du auch so gütig mir entgegenkämest,
Wie du's im Leben meiner Träume tust?
O Qual! wir sind zwei Liebende, die nur
Sich lieben, wenn sie träumen; doch im Wachen
Sind sie voll grimmen Zornes zueinander.
Man soll sich hüten vor den Luftgebilden
Der Träume; doch mitunter, das ist wahr,
Sind sie auch weiser, als wir Menschen sind.

IM RAUSCH
ABU NUWAS

Sie schien mir sorgenvoll. Ich wollte sie
Umarmen, voller List. Da rannen Tränen
Aus ihren Augen, heiß, über die Rosen
Der jungen Wangen. Eine Schale hob ich

Ihr da entgegen, und sie trank sie leer,
Und in ihr Paradies nun stürmt ich ein ...
O furchtbar, wenn sie aus den tiefen Wogen
Des Rausches, der sie noch umfangen hält,
Erwachen wird! Der Gram wird sie verzehren,
Und in Verzweiflung und voll Haß wird sie
Mich niederstechen mit dem schärfsten Schwerte
Ihrer entsetzlichen Verlassenheit.

LIEBESTRUNKEN

MOSLIM IBN IL WALID IL ANSSARI

Schon Blicke können Liebe sein, gewiß.
Jedoch der Liebe wundervollstes Wesen
Verrät sich anders noch als nur in Blicken!
Mein Aug hat dich verfolgt, allüberall;
Da fühltest du, daß ich dich liebte, und
Du gabst auch deine Liebe selig her.
Und die Gedanken, die in unsern Seelen
Nunmehr erstehn, bereiten uns Verwirrung, –
Und wenn sich unsre Augen treffen, fühlen
Wir ein gefährlich Glühn in unsrer Brust.
Einst kannt ich nur die Trunkenheit, die uns
Der ausgepreßten Trauben Saft verleiht:
Heut hat das goldne Glänzen mich berauscht,
Das in den Augen meiner Liebsten sprüht,
Und meine Seele ist ihm ganz verfallen.
Ich war bei ihr! Und meine Blicke haben
Sie eingehüllt, ganz dicht, und holde Sünden
Beging sie durch die ganze Nacht hindurch,
Davon ich schweige. Und die ganze Nacht

Ließ ich die lieben Sünden mir gefallen, –

Nie hab ich Sünden so mit Lust verziehn!

LEIDENSCHAFT

MOSLIM IBN IL WALID IL ANSSARI

„Verbirg doch deine Leidenschaft," sagt man

Zu mir, „laß sie nicht alle Welt durchschaun!"

Wie aber könnt ich diesen Rat befolgen,

Da mich mein Blick verrät? Und warum sollt ich

Mich ungerecht gegen mein Herz verhalten,

Dem fremd ist alle Ungerechtigkeit?

Nein, ungerecht ist jene, die ich liebe.

Sie klagt, daß ich zuviel von meiner Liebe

Gesprochen habe, – aber das, was ich

Verschwiegen habe, ist ja noch viel mehr!

O wüßtet ihr, was ich an Leidenschaft

Verschwiegen habe, – Schrecken faßte euch!

TRÜBE GEDANKEN

MOSLIM IBN IL WALID IL ANSSARI

Geliebte, wenn ich dich verlieren sollte,

So werd ich fortziehn in die Einsamkeit,

Um völlig zu erlöschen. In die Erde

Werd ich ein Bild einzeichnen, das dir gleicht,

Und werde es mit meinen Tränen netzen

Und will es bitten, mich zu trösten in

Der Einsamkeit, in der du mich gelassen.

Ich habe dich geliebt, im Übermaß.

Wenn dieses Sünde ist, so bitt ich Gott:

Er soll mir meine Sünde nicht verzeihn.

TRÄNEN

UNBEKANNTER DICHTER

Wir lagen beieinander, und sie sah,

Wie Tränen, kleinen Perlen gleich, mir aus

Den Augen rannen, und sie sprach zu mir:

„Freund, ich verstehe, daß dir Tränen kommen,

Wenn wir uns fern sind. Aber sage mir,

Warum du jetzt weinst?“ Ich entgegnete:

„Wenn wir uns fern sind, wein ich vor Verlangen,

Bei dir zu sein; doch wenn ich bei dir bin,

So kommen Tränen mir bei dem Gedanken,

Daß wir uns trennen müssen.“ Mitleidvoll

Sah sie mich lange an und trocknete

Die Tränen mir mit liebevoller Hand.

DIE GEIZIGE

MUDRIK IL SCHAÏBANY

Die eiteln Worte und die trügerischen

Versprechungen, die mir die reizende

Gazelle mit den hübschen Augen macht,

Sind all mein Glück. Verlassen hab ich jene,

Die mir freigebig ihre Gunst erwiesen,

Und liebe diese, die mir nichts gewährt!

Die allzu aufmerksame Art der Frauen,

Die ich nicht liebe, ist mir widerwärtig;

Jedoch das ganz zurückgezogene Wesen
Der Schönen, der mein Herz gehört, bedeutet
Mir alle Lust und alle Seligkeit.
Tadelt die Spröde, die ich liebe, nicht
Ob ihrer Sparsamkeit in ihrer Gunst!
Ich mag es gern, wenn die Geliebte geizig
Auf solche Weise ist. Ein solcher Geiz
Erhöht die Schönheit noch der schönsten Frau.

UMARMUNG

IBN IL RUMI

Voll Leidenschaft umarm ich die Geliebte, –
Doch meine Seele bebt und ist bedrückt.
Ist es denn wirklich wahr, daß die Umarmung
Die Menschen näher zueinander führt?
Ich küsse ihren Mund, um meine Liebe
Zu sänftigen, – doch meine Liebe lodert
Nur immer mächtiger auf, – ich glaube wohl,
Daß sich mein Herz erst dann zufrieden gibt,
Wenn unsre beiden Seelen ganz und gar
Zusammenströmen, um sich nie zu trennen.

DIE SIEGERIN

IBN IL MOATTAS

Nicht mehr zu lieben, hatte ich beschlossen, –
Doch sie hat mich bezwungen. Ohne mir
Die Stunde ihrer Ankunft mitzuteilen,
Trat sie zu mir, gar strahlend ausgerüstet

Mit ihrer Schönheit ganzem Waffenschmuck.

Sie zu besitzen, das ist goldnes Leben,

Sie zu verlieren, das ist dunkler Tod.

Pfeil, Bogen und ein Schwert sieht man vereint

In ihrem Blick. Gleich einer Oriflamme

Glänzt ihres Leibes goldner Gürtel. Aber

In ihren Schenkeln schreitet kühn der Sieg,

Denn wer nur ihrer Schenkel Schreiten sieht,

Der ist dem Tod durch Liebe schon verfallen.

Ich hatte mich dem Herrn geweiht. Jedoch

Da sie dann zu mir kam, zerrannen meine

Gelübde in ein Nichts. Und meine Schwüre

Vergingen all in ihres Auges Schein.

NACHT UND MORGENRÖTE

SCHULE DES IBN IL MOATTAS

Am großen Himmel glänzen die Gestirne.

Ihr Funkeln gleicht dem Funkeln deiner Augen,

Wenn du, o meine ängstliche Geliebte,

Bei Nacht das Dunkel um dich her durchforschst,

In Bangnis, daß dich Böses treffen könnte.

Ganz unten an dem Rand der Finsternis

Streift goldig und verklärt die Morgenröte

Mit Lacheln durch dle sterbensmüde Nacht.

Beim Anblick solches morgengoldnen Glanzes

Träum ich von deines Haares goldnem Schein.

VERPFÄNDET

KUSCHAGIN

Ich fühle, daß ein Groll in mir ersteht,
Wenn sie mit ihren Zähnen einem Kelch
Sich naht. Warum denn müssen edle Perlen
Sich stoßen an so schlechten Kelches Glas?
Ich fühle, daß ein Groll in mir ersteht,
Wenn sie vorübergeht an einer Fackel,
Die brennt. Warum erlischt die Fackel nicht
Vor solcher edeln Klarheit meines Sterns?
O meine Seele, manchmal fühl ich wohl,
Daß sich in mir ein Groll erhebt, der gegen
Mich selber wütet, und ich leide schwer
An jedem Blick, der meinem Mädchen gilt.
O könnte ich für immer alle Augen
Mit Dunkel schlagen! Wisset wohl: sie hat
Mir ihre Liebe ganz geweiht, und lächelnd
Nahm meinen Körper sie als Pfand dafür.
Mein Körper wandelt ohne Seele nun,
Denn meine Seele atmet jetzt in ihr,
Und ihrer Hände Spielzeug ist mein Herz ...

FRAGE UND ANTWORT

URAK IL HUTAÏL

Als sie gekommen war, sprach sie zu mir:
Nun hab ich deinen Wunsch erfüllt. Warum
Bebt nun dein Herz noch so, mein lieber Freund?
Ich gab zur Antwort: Deine Gegenwart

Ist meines Herzens langersehnte Wonne.

In seiner Wonne tanzt mein seliges Herz!

VERZEHRENDE LIEBE

UNBEKANNTER DICHTER

Die Liebe blüht empor aus einem schnellen

Empfinden, das die Seele neu belebt

Und das der Seele dann den Tod versetzt,

Wie einem schwachen Spielzeug, das zerbricht.

Die Liebe glüht aus einem scheuen Blick,

Aus einem Wort, aus einem Handdruck auf,

Und schon der erste Funken ist verzehrend

Wie ein gewaltiger Brand. Ja, wenn das Feuer

Einmal entzündet ist, so frißt es schnell

Den ganzen, hochgebauten Holzstoß auf.

WÜNSCHE

ABU FIRAS

Ich wünschte wohl, daß unsre Herzen immer

Nur füreinander schlagen, daß mein Herz

Mißgünstig schlage jeder andern Frau.

Ich wünschte wohl, daß du nur immer hold

Und zärtlich seist zu mir, dann mag das Leben

So wild und unwirsch drohen, wie es will.

Ich wünschte wohl, daß nur die hellste Wonne

An deinem Wege blühe, – an dem Wege

Der andern möge Jammer blühn und Gram.

AUFFORDERUNG

UNBEKANNTER DICHTER

Laß, Schöne, einen Wettstreit uns begehn!
Siegst du, so nimm mich hin. Trag ich den Sieg
Davon, – so nehm ich ganz dich in Besitz.
Siegst du, so nimm mich hin und mache mich
Zu einer silbernen Kette, die den Hals
Dir ziert, und schüttle mich auf deiner Brust!
Mach mich zu einem seidenen Gewande,
Das sich um deinen warmen Körper schmiegt!
Und mach ein goldnes Ohrgehäng aus mir,
Das deine wunderfeinen Ohren schmückt!

KUMMER

UNBEKANNTER DICHTER

Ach, eine Taube singt am frühen Morgen
Voll dunkler Schwermut in dem grünen Wald.
Sie denkt des Freundes, der verfloßnen Tage,
Und ihre kummervollen Lieder wecken
Den eignen Kummer mir in wunder Brust.
Oft brachte mich ihr Weinen um den Schlaf,
Mein Weinen auch hat sie nicht schlafen lassen;
Ich jammre, aber sie versteht es nicht,
Sie jammert, und auch ich versteh es nicht,
Unmöglich, daß wir uns begreiflich machen,
Nur daß sie leidet, – dieses fühle ich,
Nur daß ich leide, – ja, das fühlt sie wohl.

IM ZWEIFEL

UNBEKANNTER DICHTER

Womit vergleich ich deine Zähne, Liebste?
Mit einer schönen, schimmernden Perlenschnur
Oder mit Knospen weißer Hyazinthen?
Vielleicht mit Diamanten? Oder mit
Den Blüten eines Palmbaums, die soeben
Durch ihre feinen Schalen brechen wollen?
Vergleich ich sie mit kleinen Regentropfen,
Die an den Blumen zittern? Oder auch
Mit Hagelkörnern, welche durch ein Wunder
Bewahrt geblieben sind? Vergleich ich sie
Mit jenen kleinen Perlen, die im Weine
Zur Oberfläche treiben? Oder mit
Dem Tau, der silbern auf den Beeten blinkt?

FRAGE UND ANTWORT

UNBEKANNTER DICHTER

Meine Geliebte fragte mich: Woher
Kommt diese ungeheure Magerkeit
Und diese Mattigkeit, darin du hergehst?
Und ich entgegnete mit diesen Worten
Der Zärtlichkeit und Unterwürfigkeit:
Die Liebe, welche zu mir kam als Gast,
Hat mich so ganz verzaubert, daß ich ihr
Mein eigen Fleisch und Blut als Nahrung schenke, –
Nimmt es da wunder, daß ich elend bin?

AUF EINE ROSE

UNBEKANNTER DICHTER

Die rote Rose in der Hand der Schönen,

Der meine Liebe völlig angehört,

Ist wie die sanfte Glut auf ihren Wangen.

Der gelblich-blasse Blütenstaub, den man

Inmitten einer roten Rose sieht,

Ist wie die Blässe meines Angesichtes,

Wenn ich das Mädchen plötzlich vor mir seh.

AUF DER SCHWELLE

IBN IL KHAYAT IL DEMISCHKI

Eines Abends, als sich der Dichter Ibn il Khayat zu seiner Freundin begeben wollte, fiel er, ganz erregt durch den Gedanken, daß er sie wiedersehen sollte, ohnmächtig auf der Schwelle vor der Wohnung der Geliebten nieder. Diese hatte den Fall seines Körpers gehört, kam herbei, öffnete die Tür und neigte sich über den Ohnmächtigen, eine Fackel in der Hand. Ein Tropfen heißes Wachs fiel in das Angesicht des Dichters, und der dadurch verursachte Schmerz führte den Ohnmächtigen schnell in das Bewußtsein zurück. Ibn il Khayat erkannte die Freundin, die sich über ihn neigte, und begrüßte sie, ohne daß er sich die Zeit nahm aufzustehen, mit den folgenden Worten:

O du, beeile dich nicht allzusehr,

Das Feuer an das Antlitz deines Freundes

Zu bringen, – seine Tränen, die für dich,

Für dich nur fließen, würden deine Fackel

Gar schnell verlöschen, eh du dichs versiehst.

Entzünde lieber meinen Leib und alles,[60]

Was an mir ist; nur nimm dich, bitte, bitte,

In acht, mit deinem grimmen Feuer an

Mein Herz zu rühren; dieses darfst du nimmer

Verbrennen, – denn du selbst wohnst ja darin!

GEHEIME LIEBE

IBN KALAKIS

Ganz heimlich wahr ich ihre Liebe,

Ich nenne ihren Namen nicht, –

Denn wenn mein Mund nur still frohlockte:

„Ich liebe!“ – jeder wüßte gleich,

Daß sie es ist, die Eine, Eine, –

Wen anders könnt ich lieben wohl als sie?

WOGEN

UNBEKANNTER DICHTER

Sieh an das Meer: ein wundervolles Schauspiel

Sind seine Wogen. Mächtig rollen sie

Zum Ufer her und fluten still zurück.

Mir scheint das Ufer wie ein stolzer König,

Des ungeheure Heere voller Ehrfurcht

Herbei sich wälzen, um des Herrschers Hände

Zu küssen und dann still zurückzuziehn.

AN EIN SCHWERT

ABU ABD IL RAHMAN ELAÏTAM ELKUFI

Dies Schwert von Amru hat den Ruf, das beste

Zu sein, das je in einer Scheide stak.

Es leuchtet bläulich. Schwarze Rinnen laufen

Über die Klinge, die zwei Schneiden zeigt:

Hier herrscht der Tod, der stolze, dunkle Tod.

Ein jäher Blitzstrahl hat den Brand entfacht,

Darin dies edle Schwert geschmiedet wurde;
Der Künstler, der es schuf, hat es in Gift
Von fürchterlicher Art getränkt. Wenn man
Es aus der Scheide zieht, so leuchtet es
Wie Sonnenglanz und blendet unser Aug.
Ob jener, der dem Feind ans Leben will,
Es in der Rechten oder Linken führt, –
Dies bleibt sich gleich: denn immer unentrinnbar
Sind seines Stahls vernichtende Gewalten.
Sein Glanz bewirkt, daß unsre Augenlider
Anheben zu erzittern, wie ein Vogel
Verängstet mit den Flügeln zittert. Lodernd,
Gleich einer wilden Fackel, ist sein Leuchten.
Mitunter will auch scheinen, daß es anhebt
Zu wogen wie das sonnbeglänzte Weltmeer,
Oder es schimmert plötzlich funkelnd auf,
Gleich einer Quelle silberklarem Wasser.
Am Tag der Schlacht, geschwungen von dem Arme
Eines ergrimmten Kriegers, richtest du,
O Schwert von Amru, die entsetzlichste
Vernichtung an. Treu dienstbar deinem Herrn,
Führst du ihn immer nur zu Sieg und Ruhm!

NAHMAS PORTRÄT
AUS TAUSEND UND EINE NACHT

Nahma geht wiegend wie ein schlanker Zweig,
Den am Myrobalanenbaum
Ein feiner Windhauch in Bewegung setzte.
Sie schreitet stolz dahin. Wie schön sie ist!
Welch Glanz und welche Feinheit ihrer Glieder!

Sie lacht, und ihre Zähne leuchten auf:
Gleich Sternen, die aus dunkler Nacht aufsprühn.
Sie breitet ihre Haare vors Gesicht:
Und Finsternis verhüllt die ganze Erde;
Sie deckt ihr Antlitz auf: und diese Welt,
So weit sie reicht, von Osten bis nach Westen,
Erstrahlt in einem wunderbaren Schein.
Man sagt wohl, daß sie einem Zweige gleicht,
Solch ein Vergleich ist aber matt und niedrig:
Denn selbst die Reize einer jugendlichen
Gazelle reichen nicht im mindesten
An ihrer Schönheit Zauberkraft heran.
Wenn man in ihre schwarzen Augen blickt,
So ist man schon verloren: erst wird man
Ihr Sklave, darauf wird man krank, dann sinnlos,
Dann kommt der Tod, und man entgeht ihm nicht.
Unwiderstehlich zieht's mich hin zu ihr,
Und diese Leidenschaft, ich weiß es, läßt mich
Noch tausend Unbesonnenheiten tun.
Doch darf man denn erstaunen, daß ein Mensch
Verrücktes tut, wenn ihm das brennende
Fieber der Liebe durch die Adern tobt?

AUF NAHMAS SCHÖNHEIT
AUS TAUSEND UND EINE NACHT

Wenn sie sich zeigt, ruft jeder: Ruhm sei Gott!
Preis ihm, der sie so wunderbar erschuf!
Sie ist die Königin der Frauen. Alle
Sind unterworfen ihrer Herrlichkeit.
Die Nässe ihres Mundes gleicht dem Honig,

Wie Perlen leuchten ihre Zähne auf.

Nichts reicht an ihres Leibes süßen Zauber,

Das Weltall wird durch ihren Gang verwirrt.

Die Schönheit selber schrieb auf ihre Wangen,

Die rosenzarten: Es ist ewig wahr,

Daß außer ihr es keinerlei Vollendung

Und keine Holdheit auf der Erde gibt!

BEI NAHMAS ABREISE
AUS TAUSEND UND EINE NACHT

O Nahma! Noch ein einziges Mal, bevor

Du abreist, laß den Anblick deiner Schönheit

Mich Armen kosten, daß ein wenig sich

Mein Herz beruhigt, welches sterben wird,

Wann du erst fern bist.Falls es dir jedoch

Verdruß macht, meine Bitte zu gewähren,

So laß sie unerfüllt. Ich werde zwar

An meiner Traurigkeit den Tod erleiden,

Doch will ich lieber sterben, als den kleinsten

Verdruß bereiten dir, o Himmlische.

AUF EIN GRAB
AUS TAUSEND UND EINE NACHT

O Grab! O Grab! Sind nun in deiner finstern

Behausung all die Reize der Geliebten,

Die ich verlor, dahin? Das Angesicht,

Das noch vor kurzem so voll Frische war,

Ist es schon farblos jetzt und mißgestaltet?

O Grab, du bist doch das Gewölbe nicht

Des Himmels, und du bist doch auch kein Garten:

Wie kannst du bergen denn in deinem Schoße

Ein schlankes Zweiglein und den süßen Mond?

AN EINE SÄNGERIN
AUS TAUSEND UND EINE NACHT

Du wundervolle Frau schlägst die Gitarre

Mit deiner Finger zarten Spitzen, und

Die Seelen sind ergriffen bis ins Tiefste.

Du singst: und deine zauberhafte Stimme

Verleiht den Tauben ihr Gehör zurück.

Und selbst der Stumme ruft: O herrlich! herrlich!

DER STROM DER LIEBE
AUS TAUSEND UND EINE NACHT

Der Liebende, von seiner Leidenschaft

Bezwungen, eilt zu der Geliebten hin,

Und ihrer beiden Herzen werden eins.

Sie kommen an den Strom der Liebe, schöpfen

Mit frohen Händen, selig, unermüdlich, –

O, dieses Wasser dünkt sie wunderbar!

Und sie verweilen lange, helle Tränen

Der Freude netzen ihre jungen Wangen,

Und zur Geliebten spricht der Jüngling dies:

Wär ich der Herr der Zeit (da ich doch leider

Ihr Sklave bin), o glaube mir, Geliebte,

Es dürfte nicht ein Tag vorübergehn,

An dem ich nicht beglückt an deiner Seite

Aus diesem wunderbaren Strome tränke,

Bis süße Trunkenheit mich ganz bezwingt!

FRAGEN EINES LIEBENDEN

AUS TAUSEND UND EINE NACHT

Ein rasend verliebter Jüngling schrieb einst die folgende Frage an die Tür seiner Angebeteten. Der Dichter Asmaï ging vorüber, las die Verse und schrieb eine Antwort darunter. Der Liebende tat darauf eine zweite Frage, auf welche der Dichter wiederum antwortete – usw. usw.

Der Liebende:

Beim Namen Gottes, ihr, die Liebe kennt,

Laßt es mich wissen, was ich tun muß, was

Ein Jüngling tun muß, dem in seinem Herzen

Die ganze Leidenschaft der Liebe rast!

Der Dichter:

Er soll verbergen seine Leidenschaft,

Er soll sich üben in Geduld, was immer

Auch kommen mag, und soll demütig sein

Und von bescheidnem Sinn zu jedermann.

Der Liebende:

Aber wie soll er seine Liebe denn

Verbergen, wenn ihn seine Liebe tötet,

Wenn seine Leidenschaft ihm Tag um Tag

Immer entsetzlicher die Brust zerreißt?

Der Dichter:

Wenn er nicht mehr die Kraft hat, sein Gefühl

Und seine Pläne schweigend zu verbergen,

So ist der Tod für den Unseligen

Das einzige, was ihm zu wünschen bleibt.

Der Liebende:

Ich glaub euch, ich gehorche, und ich ende
Mein junges Leben. Aber jene, die
Mein Herz und meine Seele so umstrickte,
Soll wissen, daß ich ihretwegen starb!
Vor ihrer Türe hingestreckt, hauch ich
Mein Dasein aus. Vielleicht winkt mir das Glück,
Daß mich der Tag der Auferstehung einst
Mit der zu heiß Geliebten noch vereint!

AN EINEN BERÜHMTEN GAST
AUS TAUSEND UND EINE NACHT

Welch Ruhm für uns, daß du bei uns erscheinst
Mit vollen Händen streun wir Weihrauch aus,
Hell leuchten soll die Nacht wie Tagesschein!
Und ich will, als ein Zeichen meiner Freude,
Hingehn und meine Wohnung schön bekränzen
Und ihre Räume ganz mit Duft erfüllen
Von Rosenwasser, Kampfer und Muskat!

LIEBESHYMNE
IL HAGYRI

Sie ist schlank wie ein biegsamer Zweig.
Ihr Blick macht trunken wie Wein; trunken macht der Nektar ihres Mundes.
Sie ist ein Mond, der aufgeht über dem Horizont meines Herzens.
Sie ist eine Gazelle und durchfliegt die Ebene meiner Augen.
Die vollendete Schönheit erkennt sie als Herrin an.
Alle Schönheiten schlafen in ihren Gliedern.
Ihre Bewegungen sind geschmeidig, zum Anbeten.

Mein Herz ward ihr Gefangener, und meine Tränen fließen, aus Liebe.

Auf ihrem Nacken wächst ein zarter Flaum.

Karminrot glänzen ihre Lippen, wie alter Wein.

Auf ihren Wangen leuchtet der Abglanz eines Feuers der Liebe;

Dieses Feuer der Liebe wütet in meinem Herzen.

Ihr Antlitz gleicht dem Monde am Firmament;

Die Menschen nennen die beiden Zwillingsgestirne.

Der Liebende findet es süß, sich ganz zu opfern für sie.

Er spürt keine Scham; um ihretwillen verleugnet er seine Geliebte.

O mein Herz, wie bist du keusch,

Während meine Augen ihr Bild einsaugen, voller Entzücken.

Der allein kennt das Glück dieser Welt,

Der sich tränkt von der Nässe ihres Mundes am Morgen und am Abend.

WASSER UND FEUER

UNBEKANNTER DICHTER

So wie die Sintflut fließen meine Tränen;

Das Feuer, das in meinem Herzen wütet,

Ist wie das Opferfeuer Abrahams.

Wenn meine Tränen nicht so reichlich flössen,

Ich wäre wohl zu Asche längst verbrannt

Durch meines Herzens glühendheiße Seufzer.

Und wären meine heißen Seufzer nicht,

Ich wäre längst ertrunken in dem Strome

Der Tränen, die ich kaum mehr stillen kann.

SELIGE NACHT

IBN IL FARID

Voll Leidenschaft und Kühnheit war die Nacht,

Die wir genossen, Arm in Arm geschmiegt.

Dicht lehnte meine Freundin ihre Wange

An meine, bis zum Morgen lag sie so.

Und über ihr Gesichtlein breitete

Sich ein so feiner Schweiß der Wollust aus,

Daß ich berauscht ward, – und ich atmete

Ihn selig auf wie Duft von Rosenöl.

TRÄNEN

SCHULE DES IBN IL FARID

Sie fragte mich: So sag mir doch, warum

Sind deine Tränen weiß? Ich gab zur Antwort:

Ich weine schon so lang, daß meine Tränen

Geblichen sind, so wie mein Haar erblich.

Sie fragte mich: So sag mir doch, warum

Sind deine Tränen grün? Da sprach ich wild:

Weißt du denn nicht, daß meine Tränenquellen

Versiegt sind? Bittre Galle weint mein Aug!

Sie fragte mich: So sag mir doch, warum

Sind deine Tränen schwarz? Und ich sprach leis:

Ich habe keine Tränen mehr. Das Schwarze

Aus meinen Augen wein ich nun dahin ...

SELTSAMER WUNSCH

SCHULE DES IBN IL FARID

Ist es nicht seltsam, daß ich von dem Wunsche
Nach ihr ergriffen bin? Ich frage, wo
Sie sein mag, – und sie ist doch ganz in mir!
Mit diesen Augen such ich sie, obgleich
Ihr Bild in diesen Augen lebt und webt.
Mein Herz schlägt heftiger bei dem Gedanken,
Daß ich sie wiedersehe, – und sie atmet
Doch zwischen meinen Rippen, ja, bei Gott!

EIN WUNDER

NUBATA

Törichter Mensch, der du mich tadeln willst,
Daß meine Seele glüht für dieses Weib!
Betrachte ihren wundervollen Körper!
Sieh ihre weiße Stirn! Ihr schwarzes Haar!
Ist es ein Wunder nicht, daß man den Glanz
Des Tages und zugleich die dunkle Nacht
In einem holden Leib beisammen sieht?

AUF EINEN APFEL

UNBEKANNTER DICHTER

Der Apfel, den ich aus der Hand empfing
Des reizendsten, gazellenhaften Mädchens,
War von ihr selbst gepflückt, von einem Zweige,
Der biegsam wie ihr eigner Körper war.

Und es war süß, die Hand darauf zu legen,
Als sei's der Busen derer, die ihn schenkte;
Hold duftete der Apfel wie der Atem
Der Geberin; die Farbe ihrer Wangen
Sah man auf ihm; und ihre Lippen meint ich
Zu spüren, da ich an den Mund ihn nahm.

WEISHEIT

UNBEKANNTER DICHTER

Mit all den Schätzen, danach du Verlangen trägst,
Ist es dasselbe wie mit deinem Schatten:
Wenn du den Schätzen nachjagst, so erreichst du sie
Niemals. Doch wende ihnen nur den Rücken zu:
So folgen sie dir nach, wie es dein Schatten tut.

DER LIEBESBRIEF

UNBEKANNTER DICHTER

Ich brach das Siegel deines Briefs entzwei, –
Und holde Nachricht, die ich ungeduldig
Erwartete, hat mir dein Brief gebracht.
Dein Brief ist meinen Augen lieblicher
Und süßer für mein sehnsuchtsvolles Herz,
Als frisch gepflückte Gartenblumen sind.
Viel köstlicher ist das, was er enthält,
Als Edelsteine, reizend anzuschauen,
Die auf dem Busen reicher Frauen glühn.

DER LIEBENDE UND DIE FACKEL

UNBEKANNTER DICHTER

Ich sprach zur Fackel: Ich und du, wir sind
Zwei Liebende, die bis zum Morgen wachen,
Doch dieser Unterschied ist zwischen uns:
Die Tränen, die aus meinen Augen rinnen,
Sind Karneol, der flüssig ward. Die deinen
Sind dem geschmolznen Golde zu vergleichen.
Dein Feuer ist erloschen, wenn der Morgen
Rosig heraufzieht. Aber meine Flamme
Brennt immer weiter, ohne zu erlöschen!

SEHNSUCHT NACH DAMASKUS

ACHMED BEN MOHAMMED MOKRI

O meine lieben Freunde in Damaskus,
Noch immer habt ihr keine Nachricht mir
Aus eurem vielgeliebten Land geschickt!
Das Feuer eines schmerzlichen Verlangens
Erfüllt die Brust mir und verzehrt sie ganz.
Ach, allzu weiter Raum trennt euch und mich!
Seit jener Stunde, da ich euch verließ,
Sind meine Augen ohne Lust zu schlafen,
Und ohne Lust, das Licht des Tags zu sehn.
Denk ich zurück an die verrauschten Zeiten
Der Seligkeit, die ich mit euch genoß,
So will das Herz mir Brechen vor Verzweiflung.
Wie war das schön, des Morgens, in dem Tale
Von Niran, wo die Blumen immer lächeln,

Betaut von Tränen, die der Himmel weint;
Und wo die Tauben girren in den Wipfeln
Und sich die Zweige wiegen und die Bäche
Und Bäume rauschen ohne Unterlaß.
Und dann die Ebne an dem Fuß der Berge!
Wo sind die Abende des Glückes, die
Wir dort verbrachten; davon einer schon
Mir wertvoll wie ein ganzes Leben scheint?
O wundervolle Ebne, daß ich dich
Dankbar mit meinen Tränen netzen könnte!
Wenn ich auch weiß, daß solches nur ein kleines
Geschenk für dich bedeutete, zumal
Wenn du seit langem ohne Regen bist.

AUF EINEN GARTEN

ACHMED BEN MOHAMMED MOKRI

Mit einem Mantel dichten Grünes
Bist du, o Garten, ganz bedeckt,
Aus deiner Bäume schlanken Zweigen
Schallt das Konzert der Vogelwelt.
Ich liebe es, in deinem Schatten
Mit jungen, hübschen Menschen mich
Zu unterhalten; deren Wangen
Den Glanz des Mondlichts widerstrahlen.
Ein Silberbach fließt durch die Beete,
Ein Lächeln liegt auf seinem Wasser,
Mitunter strahlt es blitzend auf,
Wie eines Degens glatte Klinge.
Und Tropfen springen aus dem Bache
Ans Ufer, und dort schimmern sie,

Bald dicht gedrängt und bald vereinzelt,

Gleich einem köstlichen Kollier.

Und wer das silberne Gefunkel

Im Rasen sieht, der ist der Meinung,

Es seien Perlen ausgestreut

Auf einen Teppich von Smaragden ...

DER VERLIEBTE DICHTER

IBN HOGGIAT

Einst lebte ein Dichter, der von heftiger Liebe für die schönste seiner Sklavinnen ergriffen war. Aber diese verschmähte den Unglücklichen und ließ ihn ihre ganze Verachtung fühlen. Eines Nachts, als der Dichter allein war, um sich ungestört dem Genuß des Weines hinzugeben, dachte er an die Geliebte und überlegte, auf welche Weise er sie für ihre Kälte und ihren Eigensinn strafen könnte. Da nun der Wein sein Gehirn mehr und mehr verwirrte, erhob er sich plötzlich, besiegt zugleich von der Trunkenheit der Liebe und des Weines. Er ergriff eine brennende Fackel und legte sie an die Tür der Sklavin, um die Schöne samt ihrem Hause zu verbrennen. Schon züngelten die Flammen an der Tür empor ... da eilte man herbei und löschte das Feuer. Man ergriff den Poeten, und bei Tagesanbruch führte man ihn vor den Richter. Dieser fragte den Übeltäter: „Was hat dich hingerissen, das Haus deiner Sklavin in Brand zu stecken?“ Der Dichter erwiderte mit diesen Versen:

„Da mir die Spröde immer widerstrebte

Und mir doch immer heftiger das Feuer[90]

In meiner Brust entzündete, da fand ich

Kein Mittel mehr, der Liebe zu entfliehen,

Und auch kein Mittel, das den Schlaf mir schenkte,

Und also schritt ich hin vor ihre Türe

Und ließ mich nieder, wie ein treues Pferd

Sich vor die Schwelle seines Herren streckt.

Da flog ein Funken, ohne daß ich's wollte,

Von meines Herzens Glutball fort, ein kleiner,

Kaum wahrnehmbarer Funken, und er steckte

Die Tür in Brand ... mein eigner Wille hat

Mit diesem nächtigen Brande nichts zu tun!“

Der Richter hatte seinen Gefallen an dem Poeten. Er fand die Ausrede hübsch erdacht und die Verse reizend. Gerührt durch das Schicksal des armen Verliebten, bezahlte er für ihn die Strafe und schenkte ihm die Freiheit zurück.

FRÜHLING

SOYUTI

O Frühlingstage! Tage des Entzückens!

Die Vögel singen jubelnd um die Wette,

Und aus dem Strauche glänzt die Rose auf,

Weißschimmernd, wie die reine Stirn der Scham,

Oder errötend, gleich den holden Wangen

Furchtsamer Jungfraun.Seht, das frische Laub

Schwankt hin im Zephir wie ein Mensch, der leise

Im holden Dunste alten Weines schwankt,

Und durch die Ebene sickert sacht der Strom,

So wie der Schlaf sich in die stillen Augen

Der Kinder einschleicht, welche müde sind.

ERINNERUNG

SOYUTI

Nie werd ich diese wundervolle Nacht

Vergessen, da der Vollmond seine Strahlen

Uns bis zum taubeglänzten Morgen lieh.

Wir waren ganz allein; kein Späher hatte

Sein Aug auf uns, – und silbern lief der Strom

Mit Flüstern durch den stillen Schoß der Nacht.

Und dann erschien die Morgenröte: herrlich

Wie funkelnde Rubine, und der Strom

Trieb goldne Fluten durch das blühende Land!

AN DEN ZEPHIR

SOYUTI

Der Zephir ist der wahre Freund der Liebenden:
Er hebt die Schleier auf, darunter die Gesichter
Der Schönen sich verbergen. Auch den stolzesten
Der Weidenzweige zwingt er, auf die kühle Stirn
Des Baches einen Kuß zu drücken. Der Verliebte,
Der fern von seiner Stadt und seiner Freundin weilt,
Schickt auf dem Zephir seiner Liebsten Grüße zu,
Die ihrem harrenden Herzen ein Entzücken sind.

DER BACH UND DER BAUM

SOYUTI

Seitdem der Bach in einem Liebesbunde
Mit eines Baumes schwanken Zweigen steht,
Erfüllt die Zweige schmerzliches Verlangen,
Sobald der Bach in Sommersglut erlosch.
Doch sieh! jetzt kommt er wieder, und nun eilt er,
So schnell er kann, um des geliebten Baumes,
Des lang verlaßnen, Füße zu liebkosen,
Und seines Wassers leises Rauschen scheint
Von großer Sehnsucht Qualen zu berichten,
Die ihn erfüllten, da er ferne war.

AUF EIN PFERD

SABBAGH

Dies edle Pferd ist schneller als ein Blick
Aus unsern Augen. Wenn es vorwärts stürmt,
Läßt es die Schnelligkeit des Windes und
Des Blitzes hinter sich. Seht, es ist schwarz,
Doch weiß glänzt seine Stirn, auch seine Füße
Sind blendendweiß. An eine Winternacht
Gemahnt es mich, darin der Mond erglänzt,
Umgeben von dem Reigen der Gestirne.

FEUER UND RAUCH

IBN IL SCHAAB

Sie sagte mir: „Auf deinen Wangen ist
Ein Bart gewachsen, der dein Antlitz schwärzt.
Warum, o Freund, läßt du dein Antlitz denn
So häßlich werden?“ – Ich entgegnete:
„Du hast in meiner Brust ein flammend Feuer
Entfacht, – der Rauch von diesem Feuer ist's,
Der nun mein Antlitz schwarz erscheinen läßt.“

AN DIE ABWESENDE

MAHMUD PASCHA SAMY IL BARUDY

Du machst, daß ich nicht schlafe, während alle
Im Traum daliegen. Diese ganze Nacht
Blieb meinem Aug die süße Ruhe fern.
Ich flehe Gott an, meinen Augen Stärkung

Zu schenken und auch meinem Herzen, das
Zermalmt ist durch die Leidenschaft zu dir.
Die Leute, die mein Elend sehen, sind
Gerührt durch mein Geschick; auch jene Strengen,
Die sonst mich tadelten, sind jetzt verstummt.
Von dir, o strahlende Gazelle, kommt
Mir nichts als Gram. Du reistest nach Ägypten,
Und Bitterkeit des Todes ward mein Teil.
Ach, keine Botschaft eilt von dir zu mir,
Nicht einmal deines Wesens Schatten darf ich
Im Traum erblicken. Ich bin ganz allein.
Warum verlängerst du die Trennung so?
Die Freuden dieser Welt sind mir entschwunden,
Das ganze Dasein ist mir Last und Qual.
Ich möchte, daß ich eine leichte Feder
Im Flügel einer Taube wäre. Dann
Flög ich mit Hast hinüber nach Ägypten,
Um selig deinem Dienste mich zu weihn.

LIEBESGEBET

ISMAÏL PASCHA SABRY

Komm, laß uns deine Schönheit sehn, o Weib, –
Dein Wuchs ist gleich dem Stengel einer Blüte,
Dein Antlitz ist für uns das Paradies.
Und lächle, daß dies Paradies erschimmert,
Und sprich: denn deine Worte sind wie Perlen,
Laß niederrauschen deiner Perlen Flut!
Du, engelhaftes Wesen, darfst niemals
Von dir behaupten, daß aus Erde du
Und Wasser seist gebildet, so wie wir.

Entkleide dich. Laß deinen Leib uns schauen,
Damit wir Irdischen bestaunen können,
Was Allah so in Herrlichkeit erschuf.
Laß uns die Engelflügel sehen, die
Du trägst. Du bist ein Bildwerk, von dem Künstler
Aus einem Blocke puren Lichts gemacht.
Ein silberklarer Quell ist deine Schönheit,
Wo sich die armen Seelen Heilung trinken.
O liebe Quelle! Sei gerecht und schenke
Die gleiche Gunst den Durstgequälten allen,
Und laß die Herzen, die verschmachten wollen,
Sich retten in dein heiliges Schutzgebiet.

WENN DU ERSCHEINST

ACHMED BEY SCHAWKY

Wenn du erscheinst, beneidet wohl der Tag
Das Hemdlein, das du trägst. Er möchte wohl
Dein Hemd besitzen, um es triumphierend
Der Sonne hinzuhalten, die darob
Vor Eifersucht ihr goldnes Licht verlöre.
Wenn du vorbeigehst, werden alle Frauen
Von Neid erfüllt, daß ihnen nicht ein Wuchs
Wie dir gegeben ward. Gepriesen sei
Das Tal Agathe, deinem Mund zu Ehren,
Gepriesen sei der Glanz der Perlen, der
Dem blanken Schimmer deiner Zähne gleicht!
Wer deine Wangen demutvoll betrachtet,
Der meint wohl in das Paradies zu schauen.
Doch irrt er, – deine Wangen sind die Hölle!
Der Purpur deiner Wangen gleicht dem Feuer,

Das aus den Schlünden der Verdammnis sprüht!

LIEBESLIED

UNBEKANNTER DICHTER

Dein voller Busen ist so weiß und hart
Wie Elfenbein. Die Weichheit deiner Wangen
Ist wie das süße Fleisch der Banyanfrucht,
Und auch so frisch und duftend ist dein Antlitz.
Die schlanken Säulen deiner Beine zeigen
Das Ebenmaß der jugendlichen Palmen.
Auf deinen Schultern ruht der Tau der Frühe,
In deinen Haaren schläft die Lust der Nacht.
Du atmest wie der Frühling; Blumen blühen
In deiner kleinen Füße Spuren auf.
Das Feuer jenes Sterns am Abendhimmel
Ist Dämmrung gegen deines Auges Schein!

GELEITWORT

Es geht die Legende, die Araber hätten, als sie zu dichten begannen, ihre Verse dem vertrauten Rhythmus des Kamelschritts angeglichen. Vielleicht ist etwas Wahres an dieser Legende, denn die rhythmische Bewegung der verschiedenen Gangarten des Kamels ist dem Araber, der so nahe mit diesem Tiere befreundet ist, immer etwas sehr Vertrautes, vermutlich der vertrauteste äußere Rhythmus gewesen, der sein Ohr erreichte, und noch die Dichter der geschichtlichen Zeit haben sich in poetischer Fiktion mit Vorliebe in die Lage von Wüstenreisenden versetzt.

Die arabische Sprache zeigt ein reich entwickeltes Lautsystem, in dem die vielfachen Nuancen der Kehl- und Zischlaute überwiegen. Die Konsonanten spielen eine ungleich wichtigere Rolle als die Vokale, von denen nur a, i und u unterschieden werden, in ihrer Klangfarbe freilich mannigfach schattiert durch die Einwirkung der sie umgebenden Konsonanten. Der Wortschatz des Arabischen ist sehr groß, aber natürlich auf den verhältnismäßig engen Bezirk arabischen Denkens begrenzt. Es hat arabische Lexikographen gegeben, die behaupteten, 1000 Worte für das Kamel, 500 für den Löwen und das Schwert aufbringen zu können. Das sind rhetorische Übertreibungen, aber es ist wahr, daß der Araber eine sehr reiche, blumige, nuancenvolle Synonymik für die Dinge, die ihn am meisten angehen (Tiere der Herde, die Schlange, Waffen, das Pferd, der Löwe, die Wüste), entwickelt hat.

Im Araber hat die semitische Rasse ihre edelste Ausbildung erfahren. Man kann sagen, der Araber ist der Grieche unter den Semiten. Er ist ritterlich und peinlich bedacht auf seine Ehre, gastfreundlich, ehrgeizig, stolz auf sein Herrenwesen und sein Geschlecht, leicht empfindlich, ruhmbegierig, aber auch ruhmrednerisch und eitel. Er ist tapfer und herrschsüchtig, Stamm lebt neben Stamm, und er hat es nie vermocht, sich einem größeren Staatswesen willig unterzuordnen. Bei leidenschaftlicher Lebensfreude ist er ein Verächter des Todes. Er ist ein Phantast in Liebesdingen (die Verse dieses Buches bezeugen es), ein stark idealistischer, schwärmerischer Zug geht durch sein geistiges Wesen, und die Frauen 107nahmen bei ihm, bevor er mit fremden Völkern in nähere Berührung kam, eine besonders geachtete Stellung ein. Eine Zeitlang war ein richtiger Frauenkult, ähnlich wie bei uns der Minnedienst, unter den arabischen Dichtern im Schwang.

Die Poesie der Zeit vor Mohammed ist die Poesie eines Nomadenvolkes in der Wüste. Großzügige Naturschilderungen sind uns überliefert worden, daneben vor allem Kampf- und Heldengesänge und Lobpreisungen des Stammes, dem der betreffende Dichter angehört. Freundschaft und Gastfreundschaft werden besungen, Trink- und Liebeslieder erklingen, die irdische Freude wird gefeiert, der Sinn ist in jener Zeit durchaus auf das Reale gewendet, und die Gedichte machen vielfach den Eindruck von Improvisationen. Fragen nach den ewigen Dingen, religiöse Empfindungen und Skrupel sind den Dichtern der Epoche vor Mohammed so gut wie unbekannt.

Viele Dichternamen sind aus der alten Zeit erhalten, alle werden überstrahlt durch Amr-il-Kaïs. Er war schon ein Zeitgenosse Mohammeds und schließt die Epoche des arabischen Altertums ab. Er ist ebenso als Abenteurer und Don Juan berühmt wie als Dichter. Er stammte aus königlichem Geblüt, wurde von seinem Vater verstoßen und vagabundierte darauf mit befreundeten Genossen im Lande umher, jagend, liebend und immer auf den Genuß des Lebens bedacht. Als dann sein Vater von einem feindlichen Stamme erschlagen wurde, machte es sich Amr-il-Kaïs zur Pflicht, den Gemordeten zu rächen und das Erbe seiner Väter für sich und seinen Stamm zurückzugewinnen, was ihm aber nicht gelang. Sein Leben wurde eine Kette gefahrvoller kriegerischer Abenteuer. Der oströmische Kaiser Justinian erfuhr von ihm und seinen tollkühnen Kriegszügen. Er berief ihn an seinen Hof nach Byzanz und ernannte ihn im Jahre 530 zum Phylarchen von Palästina. Auf der Reise nach Palästina ist Amr-il-Kaïs zu Angora in Kleinasien gestorben, nachdem er schon längere Zeit siech und elend war. Aber die Sage will, daß er auf Veranlassung des Kaisers Justinian vergiftet worden sei, da er eine kaiserliche Prinzessin verführt habe.

Die Gedichte des Amr-il-Kaïs sind uns leider nicht gut erhalten, aber auch in der mangelhaften Form, in der sie auf uns gekommen sind, gehören sie zu dem Schönsten, was die arabische Poesie hervorgebracht hat. Sie sind von einer mächtigen Sinnlichkeit und gefallen sich nicht in Andeutungen oder Umschreibungen, sondern sie bringen109 alle Empfindungen, Erlebnisse und Wünsche in klare, üppig hinströmende Worte und preisen immer wieder den Genuß der Freuden dieses Daseins. Amr-il-Kaïs war ein Don Juan der Wüste, ein dichtender, strahlender Held der Liebe, und sein Name wird noch heute, zumal von den Frauen, mit Verehrung und leisem Schauer genannt. Mohammed hat von ihm gesagt, er sei der Führer der Dichter auf dem Wege zur Hölle.

Das Auftreten Mohammeds bedeutet den wichtigsten Wendepunkt in der Entwicklung arabischen Geistes und arabischer Kultur. Durch Mohammed und die fanatische Ausbreitung seiner Religion haben die Araber ein gutes Stück der Welt erobert, und sie taten es als ein Volk der Wüste, das an die größte Einfachheit der Lebensführung, an Entbehrung und Nüchternheit gewöhnt war. Als der Kaiser Heraklius arabische Gefangene, die nicht vor ihm niederknien wollten, fragte, welchen Palast ihr Kalif bewohne, antworteten sie: „Eine Lehmhütte." „Woraus besteht sein Gefolge?" fragte der Kaiser weiter. „Aus Armen und Bettlern." „Was ist sein Thron?" „Enthaltsamkeit und Erkenntnis."

Diese äußeren Lebensverhältnisse, und in ihrem Gefolge der Charakter des Volkes, wurden nach den siegreichen Erobererzügen, die den kühnen Weltstürmern Syrien und Persien, Ägypten, Nordafrika, Sizilien und Spanien zu Füßen zwangen, gründlich verändert. Die Araber nahmen während der folgenden Jahrhunderte viel von dem Wesen der durch sie besiegten Völker an, da diese den Siegern an Kultur bedeutend überlegen waren. Die schlichten, bäurischen Araber wandelten sich zu anspruchsvollen Städtern, sie gewöhnten sich allmählich an eine vornehme Lebensart, und neben einer sorgfältigen Ausbildung des Geistes wurden ihnen Luxus und Üppigkeit bald zum Bedürfnis. Im 9.–11. Jahrhundert blühte die arabische Philosophie, die es freilich zu schöpferischen Gedanken nicht gebracht hat, sondern im Grunde immer von Aristoteles und Plato abhängig blieb. Bedeutendes haben die Araber in ihrer Blütezeit als Mathematiker, Astronomen, Historiker und Geographen geleistet.

Als den größten Dichter der klassischen Zeit nach Mohammed muß man Abu Nuwas ansprechen. Er nimmt in der arabischen Literatur etwa die Stelle ein, die Hafis in der persischen bekleidet. Man hat ihn auch den arabischen Heine genannt. Er ist eine glänzende Erscheinung, voll Lebenslust und Lebensübermut, dem Weine und dem Weibe schwelgerisch zugetan, voll Phantasie und hingebender Empfindung. Freilich findet man bei ihm schon deutlich die Zeichen der Zersetzung. Er hat zynische Gedichte geschrieben, die das wankende sittliche Empfinden seiner Zeit charakterisieren. Er hat Spottgedichte auf religiöse Zustände gemacht, die bezeugen, wie Mohammeds Lehre bei den Gebildeten unter dem Einfluß skeptischer Philosophie zu wanken begann. Abu Nuwas' Leben und Dichten war den frommen Seelen im Lande ein Ärgernis. Er verbrachte seine wichtigsten Jahre in Bagdad am Hofe Harun-al-Raschids und seiner Nachfolger. Seine übermütigen Reden haben ihm mehrfach Kerkerstrafen zugezogen, und es heißt, daß er sogar einmal auf dem Schafott gestanden habe. Alte Berichte erzählen folgendes: Als der Dichter gestorben war, gingen nur wenige Menschen hinter seinem Sarge, denn er wurde von den Rechtgläubigen gehaßt. Zufällig wurde am gleichen Tage ein Gelehrter mit großer Pracht bestattet. Als nun die Leidtragenden den fast verlassenen Sarg des Dichters sahen, ergriff sie Scham, denn sie ahnten, daß hier einer der Größten aus dem Reiche ihrer Dichtung bestattet wurde, und so folgten sie dem Sarge nach, und Abu Nuwas kam auf solche Weise zu einem anständigen Begräbnis.

Die späteren Dichter der klassischen Zeit sind vielfach von Abu Nuwas abhängig. Hervor ragen Motenebby und Abu Firas. Der erstere, von den Arabern besonders geschätzt, gefällt sich in Sprachkünsteleien und gezierten Wortspielen, die dem europäischen Geschmack wenig zusagen. Abu Firas war der letzte Vertreter des alten ritterlichen Arabertums, ein vornehmer, sympathischer Sänger, der für Frauen, Krieg und Jagen schwärmte und dessen temperamentvolle Strophen eine echte Gelegenheitspoesie darstellen. Er ist in der Schlacht gefallen, in der Blüte seiner Jahre.

Das 11. Jahrhundert führte ein Epigonentum herauf, in dem ein philologisch-alexandrinischer Geist über den dichterischen triumphierte. Die Kenntnis der technischen Regeln der Dichtkunst, Formspielereien und grammatische Kunststücke galten jener Zeit mehr als schöpferisches Können. Die Form der Makame (zu deutsch: „Unterhaltung") wurde erfunden, eine Art gereimter Prosa, in der man auf feuilletonistische Art zu plaudern liebte, wobei der Inhalt ungleich weniger wichtig war als witzige Kombinationen von Wortspielen und Reimen. Hariri, dessen Makamen von Rückert ins Deutsche übertragen worden sind, hat die neue Form, der für unser Gefühl etwas unangenehm Geschwätziges anhaftet, ihrer Vollendung zugeführt. In der Makame, die das Zeichen dichterischen Verfalls unverkennbar an der Stirn trägt, hat sich die Entwicklung der arabischen Lyrik allmählich wie im Sande verlaufen.

Im 13. Jahrhundert wurde der arabischen Kultur, die ihre alte Größe und Gesundheit längst eingebüßt hatte und für den Zusammenbruch reif geworden war, ein gewaltsames Ende bereitet. Die Horden der Mongolen stürmten in wilden Wellen über die arabischen Länder fort, zerstörten die bunten Moscheen und die Schlösser mit ihren zierlichen Marmorhallen, – und die Araber haben es bis heute nicht vermocht, sich aus jenen Tagen nationaler Vernichtung zu einem stärkeren Staats- oder Geistesleben emporzuraffen. Vorläufig ist auch keine Aussicht, daß sich ein neuer Glanz aus der Asche dieses edeln, einst weithin herrschenden, aber von der Zeit zerbrochenen Volkes erhebt.

Die Quellen für die Nachdichtungen meines Buches finden sich bei alten französischen Orientalisten, die in ihren Büchern philologisch getreue Prosatexte nach den arabischen Originalen dargeboten haben. Folgende drei wichtige Werke kamen in Betracht: Silvestre de Sacy, *Chrestomathie arabe* (Paris, 1806); Jean Humbert,*Anthologie arabe* (Paris, 1819); Grangeret de Lagrange, *Anthologie arabe* (Paris, 1828). In neuerer Zeit haben Ferdinand de Martino und Abdel Khalek Bey Saroit eine hübsche, gleichfalls aus Prosatexten bestehende *Anthologie de l'amour arabe* (Paris, 1902) zusammengestellt, der ich auch verpflichtet bin.

HANS BETHGE